Robert

André Gide

– 1930 –

)23 Culturea Editions
tration de couverture : © domaine public
ion : Culturea, le patrimoine des lettres (Hérault, 34)
tact : infos@culturea.fr
ouvez notre catalogue sur http://culturea.fr
rimé en Allemagne par Books on Demand, In de Tarpen 42, Nordersted
gn typographique : Derek Murphy
)ut : Reedsy (https://reedsy.com/)
N : 9782385086763

ROBERT

À

ERNEST ROBERT CURTIUS

Cuverville, 5 septembre 1929.

Mon cher ami,

Une lettre de vous, après lecture de mon École des Femmes *, m'exprimait vos regrets de ne connaître le mari de mon « héroïne » qu'à travers le journal de celle-ci.*

« – Combien l'on souhaiterait, m'écriviez-vous, de pouvoir lire, en regard de ce journal d'Éveline, quelques déclarations de Robert . »

Ce petit livre répond peut-être à votre appel. Il est tout naturel qu'il vous soit dédié.

PREMIÈRE PARTIE

Monsieur,

Encore que mon premier sentiment, à la lecture de votre *École des Femmes* , ait été l'indignation, je ne me permettrai pas de vous en vouloir à vous personnellement. Vous avez jugé bon de livrer au public le journal intime d'une femme, journal que celle-ci n'aurait jamais consenti d'écrire si elle eût pu se douter du sort qui lui serait fait un jour. La mode est aux confessions ; aux révélations indiscrètes, sans souci du préjudice matériel ou moral que ces indiscrétions peuvent causer aux survivants ; sans souci non plus de leur déplorable exemple. Je laisse à votre conscience (nous en avons tous une) le soin d'examiner s'il vous appartenait vraiment d'aider à une publication si nettement désobligeante pour un tiers, et, la couvrant de votre nom, d'en tirer à vous gloire… et profit. Ma fille vous y invitait, me répondrez-vous ? J'exprimerai plus loin ce que je pense de sa conduite. Je sais d'autre part, et par vos propres aveux, que vous attachez volontiers plus de poids à l'opinion des jeunes gens qu'à celle de leurs parents. Libre à vous ; mais, en l'occurrence, nous voyons où cela mène ; et où cela mènerait si plus de gens vous ressemblaient, ce qu'à Dieu ne plaise ! Suffit.

Vous étonnerai-je beaucoup si je vous dis que je ne suis pas le seul à ne consentir point à me reconnaître dans l'être inconséquent, vain, sans importance, que ma femme a portraicturé. « Protester, c'est s'avouer atteint par l'injure », a dit un ancien. Quand bien même l'injure m'aurait atteint, je serais seul à le savoir, puisque mon nom n'a jamais été prononcé. Si je dis tout cela, c'est pour que vos lecteurs comprennent que ce n'est nullement le besoin de réhabilitation qui me fait aujourd'hui prendre la plume, mais bien uniquement un souci de vérité, de justice et de remise au point.

L'opinion se forme plus facilement, mais plus injustement aussi, après l'audition d'un seul témoin qu'après qu'on a prêté l'oreille aux témoignages contradictoires. Après avoir couvert de votre nom *L'École des Femmes*, c'est *L'École des Maris* que je vous propose ; je fais appel à votre dignité professionnelle pour publier, en pendant à cet autre livre et dans les mêmes conditions de présentation et de lançage, la réfutation que voici.

Mais, avant d'entrer en matières, j'en appelle aux honnêtes gens. Que pensent-ils, je le leur demande, d'une jeune fille qui, sitôt après la mort de sa mère, s'empare des papiers intimes de celle-ci, avant même que le mari n'en ait pu prendre connaissance ? Vous avez écrit quelque part, il m'en souvient : « J'ai les honnêtes gens en horreur », et sans doute applaudissez-vous aux gestes hardis où vous pourriez reconnaître l'influence de vos doctrines. Dans l'audace éhontée dont ma fille fit preuve, je vois le triste résultat de l'éducation « libérale » qu'il plaisait à ma femme de donner à nos deux enfants. Mon grand tort fut de lui céder, selon mon habitude, par crainte du despotisme et par horreur des discussions. Celles que nous eûmes à ce sujet furent des plus graves, et je m'étonne de n'en trouver point de traces dans son journal. J'y reviendrai.

5

Que l'on ne s'attende pourtant pas à me voir revenir sur tous les points où le témoignage de ma femme me paraît inexact. Et en particulier sur certaines insinuations auxquelles je croirais au-dessous de ma dignité de répondre : celles qui ont trait à mon courage patriotique et à ma conduite pendant la guerre. Éveline ne semble du reste pas se rendre compte que, douter que j'aie vraiment mérité ma citation, c'est jeter nécessairement un discrédit sur l'honorabilité ou la compétence des chefs qui me l'ont accordée. Les phrases de moi qu'elle cite, à ce sujet, les ai-je vraiment dites ? Sincèrement, je ne le crois pas. Ou, si je les ai dites, ce n'est pas avec le ton et les intentions que sa malignité leur prête. En tout cas, je n'en ai pas gardé souvenir. Et je ne l'accuse pas à mon tour d'avoir volontairement et sciemment falsifié mon personnage. (Je ne l'accuse de rien.) Mais je crois qu'à un certain degré de prévention (que les Anglais appellent si bien : *prejudice*) nous entendons sincèrement autrui dire ce que nous nous attendons à l'entendre dire, et que nous obtenons, en quelque sorte, des paroles de lui que le souvenir n'aura même pas à déformer.

Ce dont, par contre, je me souviens fort bien, c'est que je sentais qu'Éveline en était arrivée à ce point que, quoi que ce soit que je dise, le son que mes paroles feraient dans son âme serait le même. Elle ne pouvait plus m'entendre que mentir.

Mais mon intention, je l'ai dit, n'est point de me défendre. Je préfère raconter simplement à mon tour mes souvenirs de notre vie commune. Je parlerai en particulier de ces vingt années que son journal passe sous silence. Ma tâche est ardue, car il me semble sentir, tandis que j'écris, se pencher sur mon épaule le lecteur à l'affût du moindre mot où se révèlent ma « fourberie », ma « duplicité », etc. (ce sont les mots dont se sont servis les critiques). Pourtant, si je surveille trop mon écriture, je risque de fausser ma ligne et de donner dans le piège de l'apprêt, au moment même et d'autant plus que je m'applique à l'éviter… La difficulté n'est pas mince. Je n'en triompherai, ce me semble, qu'en n'y pensant point ; qu'en écrivant au courant de la plume ; qu'en repartant à pied d'œuvre ; qu'en ne tenant pas compte de ce qu'a pu dire de moi Éveline, ni penser de moi le public. Ne suis-je pas un peu en droit d'espérer que le public voudra bien faire de même ; je veux dire : n'apporter point, en me lisant, un jugement trop préconçu ?

Une autre chose me gêne, il faut bien que je l'avoue. Les critiques ont loué à l'envi le style de ma femme. Et j'étais loin de me douter qu'Éveline pût si bien écrire. Je n'en pouvais guère juger, car, comme nous vivions toujours ensemble, je n'avais point à recevoir de lettres d'elle. Suprême éloge : on a même été supposer que ce journal avait été écrit par vous, M. Gide, qui [1] ... Certes, les pages que voici ne peuvent point aspirer à donner le change. Si j'ai pu nourrir, dans ma jeunesse, quelques prétentions littéraires, je les ai vite résignées (pour parler comme vous). Et tenez, à ce sujet, pourriez-vous m'expliquer pourquoi tous les critiques (du moins ceux que j'ai lus) me présentent comme un poète raté ? alors que non seulement je n'ai jamais écrit de vers (du moins depuis mon temps de rhétorique, où, péniblement, j'avais extrait de moi quelques sonnets), mais encore jamais souhaité d'en écrire. Est-ce ma faute à moi, si Éveline m'a d'abord cru plus de dons que je n'en avais, et peut-on faire grief à quelqu'un de ne point être Racine ou Pindare, simplement parce qu'une amoureuse le prenait pour tel ?... Je voudrais insister là-dessus, parce que je crois que c'est là la raison de cruels mécomptes, tant en amitié qu'en amour : ne pas voir l'autre aussitôt tel qu'il est, mais bien se faire de lui, d'abord, une sorte d'idole que, par la suite, on lui en veut de ne pas être, comme si l'autre en pouvait mais. Du reste, moi non plus, d'abord, je ne voyais point Éveline telle qu'elle était. Mais qu'était-elle donc ? Elle ne le savait pas elle-même. Elle était celle que j'aimais. Et, aussi longtemps qu'elle m'aima, elle s'efforça de ressembler à mon idole et s'orna des vertus que je lui croyais, qu'elle savait devoir me plaire. Aussi longtemps qu'elle m'aima, elle ne s'inquiéta pas de se connaître ; elle ne souhaitait que de se confondre avec moi... Mais nous touchons ici, je crois, à un problème d'intérêt très général et très grave. C'est pour tenter de l'élucider que j'écrirai ce qui va suivre. Je voudrais d'abord dire un peu qui j'étais avant de la connaître. Ceci aidera sans doute à comprendre ce qu'Éveline devint pour moi.

7

Mon enfance n'a pas été très heureuse. Mon père tenait un magasin de quincaillerie, dans une des rues les plus animées de Perpignan. Je n'avais que douze ans lorsqu'il mourut, laissant tout le poids de son négoce à ma mère qui n'entendait pas grand-chose aux affaires et que je crois que son premier commis grugeait. Ma sœur, de deux ans plus jeune que moi, était de santé délicate et nous la perdîmes quelques années plus tard. Je vivais entre ces deux femmes, fréquentant peu les garçons de mon âge, que je trouvais brutaux et vulgaires, et ne connaissant guère d'autres distractions que d'aller tous les dimanches, en compagnie de ma mère et de ma sœur, déjeuner chez une vieille tante célibataire qui vivait dans une sorte de grand mas, à trois kilomètres de Perpignan. Ma sœur et moi nous caressions ses chiens et ses chats ; nous allions pêcher des poissons rouges dans un bassin oblong, au fond d'un petit jardin, surveillés de loin par ma mère et ma tante. Nous amorcions nos lignes avec de la mie de pain parce que les vers nous dégoûtaient et que nous craignions de nous salir. C'est peut-être pourquoi nous rentrions toujours bredouilles. Nous recommencions néanmoins chaque dimanche et ne quittions nos lignes que lorsque la tante nous appelait pour le goûter. Ensuite une partie de loto-dauphin nous menait jusqu'à l'heure du départ. La vieille calèche, qui le matin était venue nous prendre, nous ramenait à Perpignan pour dîner.

Cette tante, qui mourut la même année que ma sœur, nous laissa sa fortune qui était inespérément belle ; ce qui permit à ma mère de se reposer enfin après avoir liquidé son fonds de commerce, et à moi de pousser plus avant mes études.

J'étais un assez bon élève. Pourquoi n'osé-je pas dire : un très bon ? C'est que l'application, aujourd'hui, n'est plus de mode ; les dons plutôt sont en faveur. J'étais extraordinairement appliqué et, aussi loin qu'il me souvienne, je me revois tout dominé par la prépondérante idée du devoir. C'est aussi que j'aimais ma mère et voulais lui épargner tout souci. Avant l'héritage de ma tante, mon instruction nous aurait coûté trop cher, sans la bourse que je pus obtenir. Notre vie était inexprimablement monotone et morne, et je ne reviendrais pas volontiers sur ce passé, si ce n'est pour évoquer les douces figures de ma mère et de ma sœur qui fermaient l'horizon de mon cœur. Toutes deux étaient très pieuses. Mes sentiments religieux faisaient partie, me semble-t-il, de mon amour pour elles. Je les accompagnais à la messe chaque dimanche, avant que la calèche ne vînt nous emmener chez ma tante. J'écoutais fort docilement les recommandations et les conseils de l'abbé X…, qui s'intéressait à nous trois, et je veillais à n'avoir pas une pensée que je ne fusse prêt à lui dire et qu'il ne pût approuver.

Ma sœur avait seize ans quand elle mourut ; j'en avais alors dix-huit. Je venais d'achever mes premières études, et l'héritage de ma tante m'eût permis d'aller suivre des cours à Paris ; mais l'idée de l'isolement où j'aurais laissé ma mère me fit préférer Toulouse dont la proximité me permettait de fréquents retours à Perpignan. La préparation des premiers examens de droit me laissait beaucoup de liberté, que je ne songeais à employer qu'en allant retrouver ma mère. Je lisais beaucoup, mais pouvais aussi bien lire près d'elle. Depuis la mort de ma tante, elle ne voyait plus que moi. L'image de ma sœur restait entre nous ; cette image m'accompagnait sans cesse et je crois que je lui dois, autant qu'aux conseils de l'abbé X…, cette horreur des plaisirs faciles où je voyais mes camarades se laisser entraîner. Toulouse est une ville assez grande pour offrir aux jeunes gens dissipés maintes occasions de chute. Je proteste aujourd'hui, comme je protestais hier, contre ces théories modernes qui tendent à diminuer notre vertu en prétendant que les seuls désirs auxquels on résiste sont ceux qui ne sont pas bien forts… Je veux croire pourtant que les secours de la religion sont indispensables à l'humaine faiblesse. Je les recherchai. Et c'est aussi pourquoi je ne pris pas orgueil de ma résistance. Au surplus je fuyais les entraînements, les mauvaises fréquentations et les lectures licencieuses. Et même je n'aurais pas abordé ce sujet s'il n'était besoin de faire comprendre ce que devint pour moi Mlle X… aussitôt que je la rencontrai. Je l'attendais.

Certainement je me rends compte aujourd'hui du danger d'une pareille attente. Un jeune homme aussi pur que je l'étais avec l'aide de Dieu, centralisant soudain sur une femme unique toutes ses aspirations latentes, risque d'auréoler à l'excès celle dont il s'éprend. Mais n'est-ce point là le propre de l'amour ? Du reste Éveline méritait le culte que je lui vouai tout aussitôt et je me félicitai de n'avoir pas jusqu'alors mésusé de mon cœur, que je pus lui offrir intact.

Mes examens passés assez brillamment, j'avais quitté Toulouse qui n'offrait plus d'aliment suffisant à mes curiosités intellectuelles. J'ai dit que la notion du devoir, depuis ma tendre enfance, dominait ma vie. Mais il m'avait bien fallu comprendre que, si j'avais des devoirs envers ma mère, j'en avais également d'aussi sacrés envers mon pays, ce qui revient à dire : envers moi-même, qui ne songeais qu'à le bien servir. À l'abri désormais des soucis d'argent, j'étais libre de disposer de mon temps à ma guise. La peinture et la littérature m'attiraient, mais je ne me reconnaissais par des dons assez marquants, ou du moins assez exclusifs, pour mener une carrière d'artiste ou de romancier. Il m'apparut que mon rôle sur cette terre devait être plutôt de faire valoir les autres et d'aider au triomphe de certaines idées après que j'en aurais reconnu la valeur. De ce rôle modeste, libre à certains orgueilleux d'aujourd'hui de sourire. Sitôt libéré du service militaire, que je fis dans l'artillerie, ce que je commençai donc à chercher, ce fut ma propre utilité. J'examinai ce dont avait le plus besoin la France et commençai de fréquenter à Paris ceux qui pouvaient me renseigner ou qu'animait un semblable zèle, outrés autant que moi par l'état d'insouciance, d'inconscience et de désordre où s'étiolait notre pays.

Mon beau-père s'étonna, par la suite, que je ne me sois pas « lancé » (comme il disait) dans la politique, où il affirmait que j'aurais dû réussir. Ses regrets à ce sujet sont d'autant plus méritoires que je ne partageais nullement ses idées. Il considérait en effet le présent état de choses, non certes comme parfait, mais comme parfaitement acceptable, et prenait son parti de tout, à la Philinte. Pour moi j'estimais, j'estime encore, que le premier pas vers le mieux consiste à considérer notre situation politique, d'où dépendent toutes les autres, comme devant être changée. Et n'était-il pas naturel que j'eusse souci d'appliquer à notre pays les

10

maximes qui dirigeaient ma propre conduite et dont j'avais éprouvé le profit ?

La politique offrait, à mon avis, trop d'aléa. Elle m'eût obligé à des compromissions qui eussent incliné ma ligne de conduite. Mais ce n'est pas ma justification que j'écris ici : c'est mon histoire.

Je fréquentais un grand nombre d'hommes de lettres et d'artistes. J'exerçai la fermeté de mon caractère à ne me laisser entraîner par eux ni à écrire, ni à peindre, comme m'y eussent porté mes goûts naturels. Cette abstention me laissa d'autant plus libre de goûter la production d'autrui et d'y aider, non point seulement par des conseils (qui ne sont pas volontiers accueillis par ceux qui en auraient le plus grand besoin), mais par certains appuis que mes relations dans le monde politique me permettaient d'obtenir (sans compter une aide plus directe, souvent, et lorsque j'étais sûr que l'artiste n'y pourrait trouver un encouragement à la paresse).

Tous ceux qui ont consenti à se livrer à une étude approfondie de notre pays ont pu constater que les éléments premiers en sont bons, que surtout manque la mise en valeur où excellent nos voisins d'outre-Rhin. L'homme a besoin d'être dirigé, encadré, dominé. Et qu'eussé-je valu moi-même si je ne m'étais laissé guider par quelques idées supérieures et par des principes dont trop nombreux sont aujourd'hui ceux qui cherchent à secouer le joug.

Pour permettre de comprendre à quel genre d'activité je me livrai, rien ne vaut un exemple ; j'en choisis un dont les résultats furent les plus manifestes et les mieux appréciés.

Il m'était apparu que souvent les meilleurs livres, par suite du peu d'esprit pratique de leurs auteurs, ont du mal à atteindre le public de choix qu'ils méritent. Que, par contre, un grand nombre de lecteurs, bien intentionnés mais mal renseignés, passent à côté des plus saines nourritures pour se repaître d'ouvrages souvent fort peu recommandables, qu'une habile réclame a su mettre en temps opportun sous leurs yeux. Je crus pouvoir rendre un réel service à la fois à ce public, à ces auteurs et à leurs éditeurs. Je fis valoir à ces derniers les avantages d'un projet auquel ils s'intéressèrent aussitôt. M'adressant aux meilleurs esprits de ce temps, je constituai un jury chargé de désigner périodiquement les livres qui méritaient d'être servis en pâture à ceux qui voudraient bien comprendre les garanties qu'offrait le choix d'un jury si bien composé. Les Français sont si routiniers, si confiants dans leurs goûts propres, si accessibles aux séductions de la mode, que j'eus beaucoup de mal à les persuader de s'en remettre au jugement d'autorités compétentes. Pourtant, à force de démarches, je parvins à recruter un nombre respectable d'abonnés qui permirent d'assurer le succès de certains ouvrages et de mon entreprise tout à la fois. J'écartais de ces lecteurs d'élite, par ce moyen, les livres médiocres ou pervertisseurs, que mon jury se gardait, il va sans dire, de mentionner ; car il est à remarquer qu'un cerveau rassasié de bons livres ne garde pas beaucoup d'appétit pour la mauvaise littérature. Le service que je rendais ainsi ne fut, hélas ! point sensible aux yeux de ma femme. À chaque nouvelle assemblée du jury, Éveline s'informait ironiquement, non point des titres des ouvrages élus, mais du menu du repas qui précédait la délibération, repas excellent il est vrai, offert par les éditeurs et auquel les membres du jury voulaient bien me convier.

Quant aux livres choisis, Éveline affectait de ne point désirer les lire ou de les connaître déjà ; c'est à l'indépendance de son jugement que je pouvais le mieux mesurer la décroissance de son amour. Mais ici nous entrons dans le vif même de la question.

Ce n'est point un journal que j'écris. Les événements que je groupe ici s'échelonnent sur un grand nombre d'années. Je ne puis dire exactement à quand remontent les premières manifestations de cet esprit d'insoumission que je commençai de remarquer chez Éveline et que, malgré tout mon amour pour elle, force m'était de blâmer. L'insoumission est toujours blâmable, mais je la tiens pour particulièrement blâmable chez la femme. Durant les premières années de notre mariage, et plus encore au temps de nos fiançailles, Éveline épousait sans contrôle mes opinions et mes idées, avec tant de chaleur et une si parfaite aisance que nul n'au-

12

rait pu croire que ces opinions et ces idées ne lui fussent pas naturelles. Quant à ses goûts en littérature et en peinture, on eût dit qu'ils m'attendaient pour se former, car ses parents n'y entendaient pas grand-chose. Notre entente était donc parfaite. Je ne m'expliquai ce qui la put troubler que beaucoup plus tard ; que trop tard, alors que l'irréparable était fait.

Malgré les opinions avancées, qu'ils ne se gênaient pas pour professer en public, je continuais d'accueillir à notre foyer conjugal deux amis, le docteur Marchant et le peintre Bourgweilsdorf, l'un en raison de son grand talent, que j'étais en ce temps à peu près seul à reconnaître, l'autre à cause de son savoir et de certains services qu'il nous avait rendus. Je ne crois pas à la génération spontanée, surtout pas dans le cerveau des femmes ; les idées qui s'y développent vous pouvez être sûr que quelqu'un d'autre les a semées. Je suis prêt à reconnaître ici mes torts : je n'aurais pas dû recevoir chez moi ces libertaires, malgré toute leur science et tout leur talent, pas les laisser parler, du moins en présence d'Éveline. Elle ne cache pas, dans son journal, l'attention qu'elle leur accordait, et, comme ils étaient mes amis, j'eus d'abord la naïveté de m'en réjouir. Il est au-dessous de mon caractère d'être jaloux ; et, à vrai dire, Éveline ne me donnait pas, Dieu merci, sujet de l'être ; mais n'était-ce pas trop déjà qu'elle prêtât complaisamment l'oreille à leurs propos ? Par contre elle cessa d'écouter ceux de l'abbé Bredel qui eussent fait du moins un heureux contrepoids. Des discussions s'élevèrent entre nous. Comme, d'autre part, elle lisait beaucoup, et, dédaigneuse de mes conseils, choisissait de préférence les livres susceptibles de l'enhardir, elle ne craignait plus de me tenir tête.

Nos discussions portaient surtout au sujet de l'éducation de nos enfants.

J'ai eu maintes occasions d'observer les ravages de la libre pensée dans les ménages et les discussions qu'elle fomente entre époux. Le plus souvent c'est le mari qui renie la foi de ses pères, et dès lors il ne connaît plus de frein au dérèglement de ses mœurs. Mais je crois que, pour les enfants du moins, le mal est encore plus grand lorsque c'est la pensée de la femme qui s'émancipe, car le rôle de la femme est éminemment

13

conservateur. En vain tâchai-je de le faire comprendre à Éveline, l'invitant à peser la responsabilité qu'elle assumait ainsi vis-à-vis de sa fille en particulier, car cette joie me fut accordée de voir mon fils écouter de préférence mes conseils. Quant à Geneviève, plus avide d'instruction que Gustave, et plus curieuse qu'il ne convient à une femme, son esprit n'était que trop naturellement enclin à suivre celui de sa mère sur les sentiers glissants de l'incroyance. Sous prétexte de la préparer pour ses examens, Éveline l'encourageait dans des lectures qui désolaient l'abbé Bredel et qui me faisaient protester contre l'instruction que l'on donne aux femmes aujourd'hui, dont le plus souvent elles n'ont que faire. Je crois que leur cerveau n'est point fait pour de pareilles nourritures et ne sait point fournir un antidote naturel pour neutraliser ces poisons. Je protestais en vain, finissais par céder, de guerre lasse, désireux de maintenir de mon mieux la paix de notre foyer déjà gravement compromise. Les résultats de cette éducation, hélas ! ont justifié toutes mes craintes. Mais, comme les plus désastreux écarts de la conduite de Geneviève ont suivi la mort de ma femme, je n'ai que faire d'en parler ici, et c'est un sujet sur lequel il me serait particulièrement pénible de m'appesantir.

Oui, je l'ai dit, mais je le répète, j'estime que le rôle de la femme, dans la famille et dans la civilisation tout entière, est et doit être conservateur. Et c'est seulement lorsque la femme prend pleine conscience de ce rôle que la pensée de l'homme, libérée, peut se permettre d'aller de l'avant. Que de fois j'ai senti que la position prise par Éveline retenait le vrai progrès de ma pensée en me forçant d'assumer dans notre ménage une fonction qui aurait dû être la sienne. D'autre part, je lui suis reconnaissant devant Dieu de m'avoir ainsi d'autant plus encouragé dans la pratique de mes devoirs, tant religieux que sociaux, et fortifié dans ma foi. Et c'est pourquoi devant Dieu je lui pardonne.

Je touche ici à un point particulièrement délicat, mais que je crois d'une telle importance que l'on m'excusera si j'y insiste quelque peu. Cette fraîcheur, cette virginité, de l'âme autant que du corps, que tout honnête homme souhaite trouver dans la jeune fille dont il se propose de faire sa compagne, Éveline me les offrait exquisement. Pouvais-je

14

soupçonner, et connaissait-elle elle-même sa vraie nature, et tout ce que celle-ci pourrait présenter de rétif lorsqu'elle cesserait d'être dominée par l'amour ? Le propre de l'amour humain est de nous aveugler aussi bien sur nous-même que sur les défauts de l'être qu'on aime ; cette soumission que j'admirais en Éveline, j'ai pu d'abord (et nous pûmes tous deux) la croire naturelle, alors qu'elle n'était due qu'à l'amour. Du reste, je ne souhaitais pas d'Éveline une autre soumission que celle que j'imposais moi-même à ma propre pensée. Mais cette « obéissance de l'esprit », que M gr de La Serre déclarait tout dernièrement « plus difficile peut-être que la réforme des mœurs », ajoutant très justement : « On n'est pas chrétien sans cela ² », cette soumission intellectuelle qui doit être celle de tout bon catholique, Éveline cessa bientôt d'y prétendre ; que dis-je ? Elle prétendit, au contraire, avoir suffisamment de jugement personnel pour pouvoir se guider elle-même et se passer de directeur, et cela précisément alors que son es prit protestataire, qui jusqu'à ce moment sommeillait en elle, commença d'examiner critiquement, c'est-à-dire de mettre en doute, les directives de ma vie. Elle m'expliqua certain jour que notre idée de la Vérité n'était sans doute pas la même et que, tandis que je continuais à croire à une vérité divine, extérieure à l'homme, révélée et transmise sous le regard et avec l'inspiration de Dieu, elle ne consentait plus à tenir pour véritable rien qu'elle ne reconnût vrai par elle-même, malgré ce que je pus lui dire : que cette croyance en une vérité particulière mène droit à l'individualisme et ouvre la porte à l'anarchie.

– C'est bien de vous, d'avoir épousé une anarchiste, mon pauvre ami ! me répondit-elle alors en souriant. Comme s'il y avait là de quoi sourire !

Et si encore elle avait gardé ses idées pour elle-même ! Mais non, il lui fallait en semer le germe chez nos enfants ; chez ma fille en particulier qui n'était que trop disposée à les accueillir et qui semblait ne chercher dans l'instruction qu'un encouragement à la libre pensée.

Ces idées dissolvantes qui, dans un cerveau tendre et mal prévenu contre elles, ainsi que l'était le cerveau de ma femme, font lentement leur chemin, je les compare aux termites qui, dans les pays tropicaux, minent et désagrègent avec une surprenante rapidité la charpente des édifices.

L'apparence de la poutre reste la même ; l'intérieur est déjà tout vermoulu que rien n'annonce encore la ruine. Avant que l'on n'y ait pris garde, tout s'effondre soudain.

Sur quelle fragilité reposait mon amour ! Si j'eusse pu m'en rendre compte à temps, j'aurais su prendre des mesures pour enrayer le mal, exigé plus de soumission, prohibé certains livres dont le perfide danger me serait mieux apparu si j'avais commencé par les lire moi-même. Mais j'ai toujours pensé que le meilleur moyen d'échapper au mal est d'en détourner les regards. Il n'en était pas de même, hélas ! pour Éveline, qui prétendit bientôt juger de tout par elle-même. Je me reproche vivement ici certaine faiblesse de mon caractère ; mais, précisément peut-être parce que j'étais respectueux de l'autorité, de celle en particulier de l'Église, et par habitude de soumission, je ne sus pas exiger de moi cet acte d'autorité maritale, que pourtant me conseillait l'abbé Bredel, que tout mari bien affermi dans sa croyance doit oser, et qui sans doute eût retenu l'esprit d'Éveline sur la pente des égarements. Je ne compris que cet acte d'autorité eût été nécessaire qu'alors qu'il n'était déjà plus opportun et eût risqué de se heurter à une résistance impie. C'était un soir que je lui faisais la lecture ; car, en ce temps, je ne désespérais pas encore de tout au moins contrebalancer l'effet mauvais des livres que j'avais la faiblesse de ne pas oser lui interdire. Je lui lisais, dans un tome d'œuvres posthumes du comte Joseph de Maistre, la belle notice biographique écrite par son fils. Éveline, qui venait d'être un peu souffrante, avait dû rester quelques jours couchée ; elle recommençait à se lever, mais était encore étendue sur un sofa. Une même lampe éclairait mon livre et une pièce de la layette qu'elle préparait pour la naissance de notre second enfant, et qu'elle ornait de broderies. C'était en 1899. Geneviève avait alors deux ans. Sa venue au monde avait été facile. Celle de Gustave s'annonçait moins bien. Éveline se sentait anormalement fatiguée ; un peu d'albuminurie était cause sans doute d'une très déplaisante bouffissure des traits de son visage.

— Comment pouvez-vous aimer encore quelqu'un de si laid ? me disait-elle ; et je protestais aussitôt que je reconnaissais dans ses yeux son âme, qui, elle, ne pouvait changer. Mais je devais bien m'avouer que son regard n'était déjà plus le même, et que cette âme je ne la reconnaissais déjà plus. J'y cherchais de l'amour encore ; mais j'y sentais surtout de la résistance et parfois presque une sorte d'opposition. Cette opposition, que je me refusais encore à admettre, se manifesta brusquement ce soir-là d'une manière particulièrement déplaisante. À un passage émouvant de ma lecture, Éveline lâcha brusquement sa broderie, saisit son mouchoir qu'elle porta à ses lèvres, cachant à demi son visage. Elle riait. Je posai mon livre et la regardai fixement.

— Pardonne-moi, dit-elle, j'ai tâché de me retenir, mais c'est plus fort que moi. Et tout le haut de son corps était secoué d'un fou rire qu'il apparaissait bien qu'elle ne pouvait pas maîtriser.

— Je ne vois pas ce qu'on peut trouver de comique dans… commençai-je, de mon plus calme, et même avec une nuance d'étonnement et de sévérité.

Elle ne me laissa pas achever.

— Oh ! rien de comique dans ce que tu lis, dit-elle ; bien au contraire. Mais c'est le ton pénétré que tu prends…

Il me faut copier ici la phrase qui déchaînait chez ma femme cet accès d'intempestive hilarité :

« Pendant tout le temps que le jeune Joseph de Maistre passa à Turin pour suivre les cours de droit de l'Université, il ne se permit jamais la lecture d'un livre sans avoir écrit à son père ou à sa mère à Chambéry, pour en obtenir l'autorisation. »

— On sent, reprit-elle, que tu voudrais tellement me faire trouver cela admirable.

— Et je vois que je n'y parviens guère, dis-je avec plus de tristesse que de dépit. Alors, toi, tu trouves cela ridicule ?

— Immensément.

17

Elle ne riait plus, mais me regardait à son tour gravement, presque tristement ; et c'est moi qui détournai mes yeux, par crainte de découvrir dans ce regard des sentiments que je ne pusse pas approuver. Je voulus me montrer conciliant, sachant qu'avec les femmes il faut toujours user de souplesse et qu'on risque de tout perdre en demandant trop.

– Le comte de Maistre nous offre, lui dis-je, ce que l'on pourrait appeler un cas limite. C'est du reste ce qui fait son importance et sa grandeur. J'admire l'intransigeance de cette figure ; elle tranche sur le reste des hommes prêts à toutes les concessions ; trop nombreux sont ceux qui prennent leur parti et s'accommodent du relâchement des mœurs, ce qui est une façon d'y aider. Mais je reconnais qu'on ne peut exiger d'autrui les vertus auxquelles soi-même on aspire.

– En tout cas c'est fort joliment dit, accorda-t-elle, en riant de nouveau, mais cette fois d'un rire ouvert et cordial, un rire que je ne devais plus longtemps entendre, du moins plus de cette qualité pure et charmante, un rire qui plus tard devait se charger d'ironie et de ce que longtemps encore je me refusai à reconnaître pour du mépris, où longtemps je ne voulus voir qu'un sentiment de supériorité, toujours un peu choquant chez une femme. Quoi qu'il en fût, la cordialité de ce rire me rassura. Je voulus me montrer conciliant.

– Ces derniers temps tu t'es accordé, pour tes lectures, des libertés, lui dis-je, que j'espère bien ne pas te voir accorder à nos enfants.

– J'espère bien, me répondit-elle abruptement, qu'ils sauront les prendre d'eux-mêmes.

Il y avait du défi dans sa voix et je sentais que cette phrase excédait sa pensée. Je ne voulus y voir qu'une boutade, mais que je me devais de ne pas laisser sans riposte :

– Heureusement que je suis là, dis-je un peu sévèrement. Le rôle des parents est de protéger leurs enfants. Ils pourraient s'empoisonner sans le savoir, céder à de malsaines curiosités.

Elle m'interrompit :

– Toi, tu as toujours fait de l'incuriosité une vertu.

– Les dangers de la curiosité m'apparaissent suffisamment en toi, repris-je. L'homme doit être curieux de ce qui peut, non ébranler sa foi, mais l'affermir.

La protestation qui manifestement montait à ses lèvres, Éveline ne la formula point. Je vis ses lèvres se fermer, se serrer comme pour s'opposer à une pression intérieure, comme pour refouler en elle-même des pensées qu'elle me cacherait désormais et se refuserait à me laisser combattre. Je me tus aussi, car, en face de ce silence, que me restait-il à faire, sinon de prier Dieu et la Sainte Vierge, remettant entre leurs mains une protection qui m'échappait. C'est ce que je fis abondamment ce même soir.

Notre conversation avait du reste été plus longue, car je me souviens de lui avoir encore dit ce soir-là, au sujet de Joseph de Maistre et de sa soumission aux jugements de ses parents :

– L'homme obéit toujours à quelqu'un ou à quelque chose. Mieux vaut obéir à Dieu qu'à ses passions ou ses instincts ! propos qui m'avaient été suggérés par quelques réflexions de l'abbé Bredel ; et sans doute, précisément parce qu'elles ne sont pas proprement miennes, m'est-il permis de donner ces réflexions en parfait exemple de la profondeur à laquelle peut prétendre d'atteindre une pensée respectueuse et soumise.

Et j'ajoute encore ceci qui m'apparaît ce soir dans une sorte d'illumination, due certainement à l'état d'oraison où je me suis maintenu ces temps derniers avec le secours de Dieu : toute vraie pensée n'est qu'une réflexion, qu'un reflet. Réfléchir, comme le mot l'indique, c'est refléter Dieu. D'où il suit que toute pensée véritable est soumise à Dieu. L'homme qui croit penser par lui-même et qui détourne de Dieu son cerveau-miroir cesse à proprement parler de *réfléchir*. La pensée la plus belle est celle où Dieu, comme dans un miroir, peut proprement se reconnaître.

Ces dernières vérités ne m'apparaissent malheureusement qu'aujourd'hui ; si j'en avais pu faire part à Éveline ce soir susdit, il me semble qu'elles eussent été d'assez de vertu pour la convaincre. Hélas ! combien souvent les paroles que nous aurions dû dire ne nous viennent-elles à l'esprit que trop tard !

Les douleurs de l'accouchement commencèrent trois jours après cette soirée qui pour moi fut mémorable, car j'y pris pour la première fois conscience très nette de cette fissure qui sans doute avait depuis longtemps déjà commencé de se produire entre Éveline et moi, que déjà je percevais vaguement, mais à laquelle jusqu'à présent je me refusais de prêter attention, sachant trop que, souvent, pour les sentiments, c'est l'attention que nous leur accordons qui fortifie leur existence et que cessent d'être ceux que nous nous refusons à considérer. C'est par l'examen de l'inavouable que nombre de romanciers d'aujourd'hui exercent une si préjudiciable influence. Mais cette fissure, qui devait devenir un gouffre bientôt, je ne pouvais plus ne pas la voir, ne pas en tenir compte… J'étais en ce temps fort occupé et ne me trouvais pas à la maison au moment des premières douleurs. Je m'occupais alors d'une nouvelle affaire dont je venais d'avoir l'idée et que mon activité fit si pleinement réussir que je crois bon d'en dire ici quelques mots. Cette idée se greffait sur cette autre, dont j'ai déjà parlé, d'un choix de livres recommandables désignés par un jury compétent. Il me parut que les lecteurs de ces livres accepteraient volontiers d'être guidés également dans le choix de leurs fournisseurs, et que je rendrais ainsi réel service à eux ainsi qu'aux fournisseurs. J'allai trouver ceux-ci, leur fis valoir les avantages qu'ils trouveraient à s'adresser, moyennant des conditions que je fixerais, à une clientèle d'élite, déjà constituée ; j'allai trouver les éditeurs des livres désignés par le jury, qui s'engagèrent à encarter dans les volumes les prospectus de ces maisons dignes d'être recommandées. Cette affaire qui, dis-je, réussit au-delà de toute espérance et prit bientôt une ampleur que je n'avais osé prévoir, me demanda quantité de démarches.

Quand je rentrai à la maison ce soir-là, les douleurs avaient commencé…

DEUXIÈME PARTIE

J'ai écrit au courant de la plume ; mais voici que je m'aperçois d'une très curieuse erreur de ma mémoire, ou du moins d'un déplacement dans le temps de cette conversation que je viens de rapporter, avec une grande exactitude sans doute, mais qui se situe, non point au moment de la naissance de Gustave, mais bien sept ans plus tard, lors d'une troisième grossesse d'Éveline, qui n'eut qu'une conclusion très malheureuse. Cette curieuse erreur est sans doute due à l'affaiblissement de ma mémoire, conséquence de l'accident d'auto dont je fus victime en juillet 1914 ; mais également à des causes beaucoup plus profondes. À la lueur du présent, le passé s'éclaire et cette fissure entre nous, dont je parlais, mon esprit aujourd'hui, comme malgré moi, la prolonge en arrière ; elle existait déjà sans doute, mais je ne savais pas encore la voir. Il m'est du reste difficile de m'attacher au développement historique d'une âme, laquelle m'apparaît toujours une et conséquente avec elle-même ; mon souvenir voudrait la garder telle qu'elle vivra dans l'éternité. Et de même que la repentance efface la faute et blanchit un passé pervers, l'erreur projette de l'ombre jusque sur un passé limpide, en attendant la rédemption du Seigneur ; car je crois, je sais, qu'Éveline, dans ses derniers instants, a reconnu ses fautes, s'est réconciliée avec Dieu à temps pour communier encore, de sorte que je puis espérer, par la miséricorde de Dieu, la retrouver par-delà le tombeau telle que je l'aimais aux premiers jours de notre union, telle que je l'aime encore, car depuis longtemps j'ai pardonné tout ce qu'elle me fit souffrir.

Une autre réflexion à laquelle m'amène la constatation de cette erreur de dates est celle-ci : j'avais écrit qu'Éveline s'était plu à semer dans l'esprit de sa fille les germes de la libre pensée. À y bien réfléchir il me semble aujourd'hui que c'est l'esprit libertin de Geneviève, si enfant qu'elle fut encore, qui contamina l'âme de sa mère. Geneviève avait neuf ans alors, mais, si loin que je remonte en arrière, je ne la vois que révoltée. C'est elle qui, sans cesse et à propos de tout demandant des explications, accoutuma sa mère à en chercher, à en fournir, au lieu de répondre à ses « pourquoi ? » ainsi qu'il sied, ainsi que je faisais moi-même : «

Parce que je te le dis. » J'ajoute aussitôt que Gustave, par contre, mani-festa dès son plus jeune âge la soumission la plus respectueuse, accep-tant tout ce que je lui disais, sans jamais mettre en doute mes paroles. Il était même plaisant d'entendre cet enfant, lorsque sa mère cherchait à éveiller ses doutes, à provoquer ses questions, lui répondre ingénument et avec assurance : « Papa l'a dit », tout comme j'opposais aux inquiètes investigations d'Éveline les instructions irréfutables des ministres du Très-Haut.

Si l'on s'étonne qu'un si jeune enfant (je parle à présent de Gene-viève) puisse être de quelque influence sur sa mère – et vraiment l'on n'aurait trop su dire si Éveline, qui se reconnaissait en sa fille, ne se ser-vait point de la personnalité insoumise de celle-ci pour s'encourager dans cette dangereuse voie, et si elle l'y poussait ou s'y laissait entraîner par elle, tant l'entente entre elles deux était étroite et comme préétablie – du moins l'influence de mes deux amis le docteur Marchant et le peintre Bourgweilsdorf était-elle indéniable. J'en ai déjà parlé, mais je crois bon d'y revenir. Car si j'ai mis en avant jusqu'à présent surtout la libre pensée d'Éveline, ce n'est pas cette forme que son insoumission prit d'abord, mais bien, au reflet de Bourgweilsdorf, une forme beaucoup plus per-fide, car elle se dissimulait alors sous l'apparence d'une vertu : la sincéri-té. Bourgweilsdorf n'avait que ce mot à la bouche ; il s'en servait comme d'une arme, défensive contre toute accusation d'inutile hardiesse et d'étrangeté, et offensive aussi bien contre la tradition et l'école. Du reste il n'était pas sans vénérer quelques grands maîtres ni sans se soumettre à leur enseignement, ainsi que je le faisais observer à Éveline et à lui-même. Mais il confondait volontiers avec l'hypocrisie, avec l'insincérité du moins, tout effort de perfectionnement et toute subordination de la sensation et de l'émo tion à un idéal. Et je concède qu'il devait, en tant qu'artiste, à cette recherche assidue de la plus sincère expression, l'accent particulier et neuf de sa peinture ; je l'accorde d'autant plus volontiers que, cette peinture, je fus un des premiers à en reconnaître la valeur. Mais par un glissement qui ne tarda pas à se produire, Éveline commen-ça d'introduire cette notion de sincérité dans la morale, où je ne dis pas qu'elle n'ait que faire, mais où elle peut devenir extrêmement dangereuse sitôt qu'elle n'est plus balancée et combattue par une notion supérieure du devoir. L'on eût dit bientôt qu'il suffisait qu'un sentiment fût sincère, pour mériter d'être approuvé ; comme si l'être naturel, que Notre-Seigneur appelle si bien « le vieil homme », n'était pas précisément celui même que nous devons combattre et supplanter. C'est là ce que cessa d'admettre Éveline, qui se refusait à comprendre que je pusse préférer en moi celui que je voulais être et que je tâchais de devenir, à celui que naturellement j'étais. Sans me taxer précisément d'hypocrisie, tout geste ou toute parole par lesquels je m'efforçais d'entraîner vers le bien mon être intérieur lui devint suspect. Et comme la vertu lui était, plus qu'à moi, naturelle, et qu'il n'y avait pas en elle de mauvais instincts à refréner (sinon, peut-être, je l'ai dit, celui de la curiosité d'esprit), je ne parvenais pas à la persuader du danger qu'il peut y avoir à s'abandonner à soi-même, à s'accepter simplement pour ce que l'on est, c'est-à-dire, somme toute pour pas grand-chose. J'eusse volontiers redit à Éveline cette exhortation que je sais gré à l'abbé Bredel de m'avoir fait lire dans une des *Lettres spirituelles* de Fénelon : « Vous avez besoin qu'on retienne les saillies continuelles de votre imagination trop vive : tout vous amuse, tout vous dissipe, tout vous replonge dans le naturel ! » Et pourtant, non de moi, mais de celui que je voulais être, c'est de celui-là qu'Éveline s'était éprise. Il semblait à présent qu'elle me reprochât tout à la fois de vouloir le devenir et de n'y pas être encore parfaitement parvenu.

J'ajoute que le culte de la sincérité entraîne notre être vers une sorte de pluralité fallacieuse, car dès que nous nous abandonnons aux instincts, c'est pour apprendre que l'âme qui ne se veut soumettre à aucune règle est forcément inconséquente et divisée. Le sentiment du devoir exige et obtient de nous l'unité sans laquelle notre âme ne peut prendre conscience d'elle-même et ne peut donc être sauvée. Dès lors peu importe que l'âme ne se sente pas chaque jour et à tout instant égale et pareille ; elle flotte peut-être, mais autour d'un axe certain ; l'idée du devoir la rassemble. C'est ce que je tâchais de faire comprendre à Éveline ; en vain, hélas !

23

L'influence du docteur Marchant, quoique d'un ordre différent, rejoignait celle de Bourgweilsdorf d'une manière subtile que j'espère pouvoir éclairer. Je l'entendis citer un jour cette parole de je ne sais quel médecin célèbre : « Il y a des malades ; il n'y a pas de maladies. » Et l'on comprend de reste ce que ce médecin et Marchant entendaient par là : que tout à la fois les maladies n'existent point à l'état abstrait, en dehors de l'homme, et que chaque homme en qui et par qui la maladie se fait connaître, modifie cette maladie et la réfracte, pour ainsi dire, selon son humeur et ses dispositions particulières. Mais, et c'est bien là que je vois le danger de l'instruction chez les femmes, Éveline poussant à l'absurde cette constatation, si simple sous son apparence paradoxale, assimilant les idées aux maladies, n'admit bientôt plus de Vérité en dehors de l'homme et considéra nos âmes non plus comme des vases pour la recevoir, mais bien comme de petites divinités susceptibles de la créer. En vain l'avertissais-je de ce qu'il y a d'impie dans cette intronisation de sa propre personne, lui rappelais-je le mot du démon : « *Et eritis sicut Dii* . » Hélas ! l'athéisme de Marchant l'encourageait ; Éveline s'autorisait de lui, qui, je l'ai dit, est dans sa partie un homme de grande valeur, pour considérer toute vérité en fonction de l'homme, et non l'homme en fonction de Dieu.

Certain soir, pourtant, je crus que j'allais ressaisir Éveline. La formation du jury que j'avais institué, comme je l'ai précédemment rapporté, pour désigner les meilleurs livres, m'avait permis d'en trer en relations avec un éminent mathématicien-philosophe, que, par discrétion, je ne nommerai point car il vit encore et je ne voudrais pas blesser sa modestie. Je l'avais invité à dîner en compagnie de quelques personnalités notoires, dont le docteur Marchant. La conversation, après le repas, porta sur des questions de relativisme, de subjectivisme, et je ne fus pas peu intéressé d'entendre le mathématicien énoncer ceci : que le monde des chiffres et des formes géométriques n'existe pas, il est vrai, en dehors du cerveau qui le crée ; mais que ce monde, une fois créé par le savant, lui échappe, obéit à des lois qu'il n'est pas au pouvoir du savant de modifier, de sorte que cet univers né de l'homme rejoint un absolu dont l'homme lui-même dépend. Et ceci prouve abondamment, ajoutai-je, lorsque, après que nos convives nous eurent quittés, je me retrouvai seul avec Éveline, que le cerveau de l'homme est créé par Dieu pour le connaître, comme le cœur de l'homme est créé par Dieu pour l'aimer.

Mais le cerveau d'Éveline est ainsi fait qu'elle sut tirer argument de cette vérité même pour persévérer dans l'erreur. Elle avait écouté X… avec l'attention la plus vive et je pouvais lire sur son visage la profonde impression qu'elle en ressentait. Mais, le lendemain même, elle me dit :

– Si ma raison m'est donnée par Dieu, elle n'a que faire d'écouter d'autres lois que celles que Dieu lui impose.

Un rationaliste n'eût pas raisonné autrement.

– Et dans ce cas, il n'est même plus besoin de parler de Dieu, lui dis-je.

– Peut-être bien peut-on s'en passer, répondit-elle ; et, en effet, à partir de ce jour elle affecta de ne plus se servir de ce mot, qui, pour elle, semblait avoir perdu tout sens.

Pauvre Éveline ! Je ne cessai pourtant pas de l'aimer. C'est à elle que je devais, que j'avais dû, tout ce dont j'étais capable et d'amour et de poésie. Mais elle changeait, au point que j'en venais à me demander ce que j'aimais encore en elle. Son visage avait perdu son éclat ; cette chaleur du regard qui, dans les premiers temps, faisait fondre mon cœur, je la cherchais en vain ; sa voix avait cessé d'être craintive ; son maintien même était plus assuré. Pourtant, c'était ma femme et je me redisais que ce que j'aimais, ni le temps, ni elle-même ne le pourraient changer. Et ceci me faisait comprendre que ces changements, qui peuvent être parfois de véritables dégradations, restent, après tout, étrangers à l'âme. C'est l'âme même d'Éveline dont mon âme s'était éprise, à laquelle elle s'était liée par des liens les plus indissolubles. Mais quelle torture affreuse de voir s'enfoncer dans la nuit de l'erreur, et de jour en jour davantage, celle dont on a fait sa compagne, sa femme pour l'éternité.

– Que veux-tu, mon ami, me disait-elle alors, avec ce qui lui restait encore de tendresse, nous ne nous dirigeons pas vers le même ciel.

Et je protestais qu'il ne pouvait pas plus y avoir deux ciels qu'il n'y avait deux Dieux, et que ce mirage vers lequel elle s'acheminait, qu'elle appelait *son ciel*, ne pouvait être que *mon enfer*, que l'enfer.

Tout ceci, est-il besoin de l'écrire, me rapprochait de Dieu d'autant plus, et m'aidait à comprendre l'incomparable qualité de cet amour de Dieu pour Dieu, qui, Lui du moins, ne peut changer. Me souvenant de la parole de l'Apocalypse : « Heureux ceux qui meurent dans le Seigneur », je disais à mon tour : « Heureux ceux qui s'aiment en le Seigneur », et me répétais ces mots devenus pour moi si nostalgiques, car ce bonheur, Éveline ne devait, hélas ! plus le connaître.

J'ai dit par quelle singulière confusion, je rattachais à la seconde grossesse d'Éveline certaine conversation qu'il me faut reporter sept ans plus tard, alors qu'il ne restait déjà plus à Éveline beaucoup de chemin à faire vers la révolte et l'impiété. Cette troisième grossesse mit ses jours en danger, et je pus espérer, durant quelques jours, que l'idée de la mort la ramènerait à des sentiments meilleurs. Notre vieil ami l'abbé Bredel, qui l'espérait également, s'empressait auprès d'elle. Éveline en était à son huitième mois d'attente lorsqu'une mauvaise grippe s'empara d'elle et bientôt ruina nos espoirs. Éveline mit au monde, avant terme, un pauvre corps sans vie. Dès le lendemain la fièvre puerpérale se déclara qui la maintint plus de huit jours entre la vie et la mort. Malgré 40 degrés de fièvre, elle gardait toute sa connaissance, et malgré la ferme confiance que gardait le docteur Marchant de la sauver, elle se savait en danger.

— La première condition de la guérison, c'est d'y croire, avait dit Marchant, qui, partant de là, s'ingéniait à lui cacher l'extrême gravité de son cas et l'entretenait dans une illusion qu'il estimait salutaire.

— Dans des cas de ce genre, combien de femmes s'en tirent ? lui avais-je demandé.

— Une sur dix, avait-il dit, ajoutant aussitôt : mais cette dixième-là, c'est Éveline, avec tant d'autorité et d'assurance que j'en pus être réconforté. Pourtant, j'avais tenu à ce que l'abbé Bredel fût averti. Éveline, en dépit de sa grandissante incroyance, avait gardé pour l'abbé Bredel des sentiments presque tendres et ne se débattait pas contre lui. Elle ne lui cachait pas le triste progrès de sa pensée, mais comme cette libre pensée n'entraînait chez elle, jusqu'alors du moins, aucun acte répréhensible, l'abbé Bredel ne mettait pas en doute qu'elle ne fût en état de s'amender et de reconnaître bientôt son erreur. L'instant était propice et, certain soir qu'Éveline se sentait particulièrement faible et que tout laissait supposer sa fin très prochaine, je fis venir l'abbé, l'entretins quelques instants dans le salon, et m'apprêtais à l'introduire dans la chambre de la malade avec les saintes huiles et le viatique dont il avait eu soin de se munir, quand Marchant, sortant de la chambre, referma derrière lui la porte, et, de ce ton autoritaire qu'il sait prendre, lui en refusa l'entrée.

— Je viens de m'employer à relever sa confiance et son courage, dit-il presque durement, n'allez pas défaire mon travail. Si Éveline comprend que vous la croyez perdue, je crains que ce n'en soit fait d'elle.

L'abbé Bredel était tout tremblant.

— Vous n'avez pas le droit de m'empêcher de sauver cette âme, murmura-t-il.

— Pour la sauver, voulez-vous la tuer ? demanda Marchant.

— L'abbé Bredel a l'habitude de ces conversations *in extremis*, dis-je en manière de conciliation. Il saura ne pas effrayer Éveline ; il pourra lui proposer la communion non pas comme à une mourante, mais…

Marchant m'interrompit :

— Voici combien de temps qu'elle n'a plus communié ? Et comme l'abbé et moi nous baissions la tête sans oser répondre :

— Vous voyez bien, reprit-il, qu'elle ne peut pas ne pas voir là une précaution dernière.

Je pris la main de Marchant. Il était tout tremblant lui aussi.

— Mon ami, lui dis-je avec le plus de douceur que je pus, l'approche de la mort peut modifier beaucoup nos pensées. Nous n'avons pas le droit de laisser ignorer à Éveline la gravité de son état. L'idée qu'Éveline pourrait mourir sans les secours de la religion m'est intolérable. Sans trop le savoir elle-même, elle les attend peut-être, les espère. Elle n'attend peut-être qu'un mot et que cette frayeur dernière que vous voulez lui épargner, pour se rapprocher de Dieu. Combien n'en avons-nous pas vus que la peur de la mort…

Marchant chargea de tout le dédain possible le regard qu'il me jeta ; il ouvrit lui-même la porte de la chambre.

– C'est bien. Allez lui faire peur, dit-il en s'effaçant devant l'abbé.

Éveline avait les yeux grands ouverts. En voyant entrer l'abbé elle eut un fugitif sourire que je ne puis qualifier que d'angélique.

– Ah ! vous voilà, dit-elle à demi-voix. Je pensais bien que vous viendriez ce soir. Ses traits prirent soudain une expression de gravité insolite lorsqu'elle ajouta :

– Et je vois que vous ne venez pas seul.

Puis elle demanda à la petite sœur qui la veillait de nous laisser.

L'abbé s'approcha du lit, au pied duquel je m'étais agenouillé, et demeura quelques instants sans rien dire, puis, d'une voix solennelle et tendre à la fois :

– Mon enfant, Celui qui m'accompagne se tient depuis longtemps près de vous. Il attend que vous Lui fassiez accueil.

– Marchant cherche à me rassurer, dit Éveline ; mais je ne suis pas effrayée. Depuis deux jours déjà je me sens prête. Robert, viens plus près de moi, mon ami.

Sans me relever, je m'approchai d'elle. Alors, posant sa main frêle sur mon front qu'elle caressa doucement :

– Mon ami. J'ai parfois eu des sentiments et des pensées qui purent te peiner ; et encore tu ne les connais pas tous. Je voudrais que tu me les pardonnes, et si je dois à présent te quitter, je voudrais que…

Elle s'interrompit un instant, détourna de moi son front, puis, dans un grand effort, reprit à voix plus haute et très distincte.

— Je voudrais que tu ne te souviennes que de ton Éveline des premiers temps.

Comme sa main glissait le long de mes joues, elle put les sentir toutes mouillées de larmes. Elle-même ne pleurait pas.

— Mon enfant, dit alors l'abbé, n'éprouvez-vous pas le besoin de vous réconcilier avec Dieu également ?

Éveline tourna de nouveau vers nous son visage et avec une sorte de vivacité subite, s'écria :

— Oh ! avec Lui, j'ai fait la paix depuis longtemps.

— Mais Lui, mon enfant, reprit l'abbé, cette paix. Il ne vous l'accorde pas encore. Elle ne Lui suffit pas, et elle ne doit pas vous suffire. Le sacrement doit la conclure.

Et, se penchant vers elle :

— Voulez-vous que Robert nous laisse causer, vous et moi, seuls un instant ?

Alors Éveline :

— Pourquoi ? Je n'ai rien de particulier à vous dire. Rien que je veuille lui cacher.

— Je comprends que les fautes que vous avez à vous reprocher ne sont pas des actes ; mais de nos pensées également nous pouvons avoir à nous repentir. Reconnaissez-vous avoir péché contre Dieu dans vos pensées ?

— Non, dit-elle fermement. Ne me demandez pas de me repentir des pensées que j'ai pu avoir. Ce repentir ne serait pas sincère.

L'abbé Bredel attendit un peu :

– Du moins vous inclinez-vous devant Lui ? Vous sentez-vous prête à comparaître devant Lui en parfaite humilité d'esprit et de cœur ?

Elle ne répondit rien. L'abbé reprit :

– Mon enfant, la communion nous apporte souvent, devrait nous apporter toujours, une paix supraterrestre ; cette paix dont notre âme a besoin, qu'elle ne peut obtenir d'elle-même et sans ce secours. Je vous apporte une paix « qui surpasse toute intelligence ». Voulez-vous l'accepter d'un cœur humble ?

Et comme Éveline se taisait toujours :

– Mon enfant, il n'est pas certain que Dieu veuille vous retirer déjà de ce monde. Soyez sans crainte. Cette paix qu'apporte la communion est si profonde que même notre corps infirme la ressent, de sorte que l'on a vu, que j'ai vu moi-même, à la suite de la communion, des guérisons inespérées. Mon enfant, je vous demande de permettre à Dieu d'accomplir en vous, s'il y consent, ce miracle. Si vous croyez en Lui, Celui qui dit à l'agonisant : « Lève-toi et marche », celui qui ressuscita Lazare, peut vous guérir.

Les traits d'Éveline se creusèrent ; elle ferma les yeux, et je crus que la fin approchait.

– Vous me fatiguez un peu, dit-elle comme plaintivement. Écoutez, cher ami ; je voudrais vous satisfaire, et je puis vous assurer qu'il n'y a pas de révolte en mon cœur. Je vais me soumettre. Mais il ne me plaît pas de tricher. Je ne crois pas à la vie éternelle. Ce sacrement que vous m'apportez, si je l'accepte, c'est sans y croire. C'est à vous de juger si, dans ce cas, je suis digne de le recevoir.

L'abbé Bredel hésita un instant, puis :

– Vous souvenez-vous de ce que vous disiez, encore tout enfant, à votre père ? Ces paroles, je vous les répète à mon tour dans toute la confiance de mon âme : Dieu vous sauvera malgré vous.

Éveline s'assoupit presque sitôt après avoir communié. Sa main que je pris pendant son sommeil n'était plus brûlante, et lorsque Marchant revint vers le milieu de la nuit, il put constater une amélioration extraordinaire.

– Vous voyez bien, dit-il, que j'avais raison d'espérer, se refusant à admettre, contre toute évidence, le bienfait miraculeux des sacrements, de sorte que l'événement le mieux fait pour le convaincre ne servit qu'à enfoncer chacun de nous dans son propre sens. Éveline elle-même, dont la convalescence fut très lente, sortit de cette épreuve méconnaissant la grâce de Dieu et plus entêtée qu'auparavant, pareille à ceux que signale l'Écriture, qui ont des yeux pour ne point voir, des oreilles pour ne pas entendre, de sorte que j'en vins à regretter presque que Dieu ne l'eût pas reprise à Lui lorsqu'elle s'était montrée le plus soumise et que, à travers son incrédulité même, elle L'avait pourtant accepté.

Je fis à ce sujet quelques réflexions particulièrement importantes et que je veux consigner ici :

La première, fruit d'une conversation que j'eus avec l'abbé Bredel le lendemain de ce soir mémorable, était alors mêlée d'une stupeur attristée : Eh quoi ! nous disions-nous l'un à l'autre, se peut-il que, devant la mort, l'impie tremble moins que le fidèle, alors qu'il aurait tant de raisons de s'effrayer davantage ? Le chrétien, sur le point de comparaître devant son Juge suprême, prend une conscience plus atroce de son indignité, et cette conscience tout à la fois aide à sa rédemption et le maintient dans une salutaire angoisse ; tandis que cette inconscience de l'incroyant, tout en lui permettant de mourir dans un état de trompeuse sérénité, achève de le perdre ; il se dérobe au Christ, se refuse à une rédemption qu'on lui offre et dont, hélas ! il ne sent pas l'urgent besoin, de sorte que c'est ce calme qu'il croit alors ressentir et cette tranquillité devant la mort qui lui assurent en quelque sorte la damnation, et qu'il n'en est jamais plus près que lorsqu'il s'en aperçoit le moins.

J'ajoute aussitôt qu'en employant ce mot terrible de damnation, je ne saurais songer à Éveline, qui, comme je l'ai dit, s'est, je le crois, réconciliée avec Dieu dans ses derniers instants et a pu mourir, je le veux espérer, en chrétienne ; et qui, somme toute, avait accepté Dieu, même au moment de cette fausse alerte. Il n'en restait pas moins que l'abbé Bredel et moi nous nous demandâmes si nous n'aurions pas dû l'effrayer un peu davantage à ce moment, au lieu de la rassurer comme faisait Marchant, plus soucieux ici des intérêts du corps que de ceux de l'âme et ne comprenant pas que la perte de celle-ci pouvait être entraînée par le salut même du corps.

La seconde réflexion que je fis, concurremment avec l'abbé Bredel, concerne l'effet funeste de la communion non suffisamment souhaitée, non méritée pour ainsi dire (car qui de nous, pécheurs, mérite jamais ce don ineffable ?) par une âme qui, alors même que Dieu l'approche, ne fait, pour s'approcher de Dieu, aucun effort. Il semble alors que cette lumière, absorbée sans amour, l'obscurcisse. Certainement Éveline me parut, ensuite, précipitée plus avant dans les ténèbres. Lorsque je la revis à son retour d'Arcachon, où elle acheva de se rétablir, où je n'avais pu l'accompagner, car mes travaux me retenaient alors à Paris, je la sentis plus résistante, plus fermée que jamais à toute bonne influence, à tout conseil que j'essayais de lui donner. Je lisais au pli de son front, à cette double barre verticale qui commençait de se dessiner entre ses sourcils, une obstination grandissante, un refus qu'elle n'opposait plus seulement aux vérités saintes, mais à tout ce que je pouvais lui dire, à tout ce qui venait de moi. L'ironique scrutation de son regard communiquait aux plus vertueuses manifestations de ma part, je ne sais quoi de contraint, de délibéré, d'affecté. Ou plutôt ce regard opérait sur moi à la lumière d'un scalpel, détachant de moi cette action, cette parole ou ce geste, de sorte qu'ils parussent non plus tant nés vraiment de moi qu'adoptés. Loin de pouvoir prier avec elle et d'élever vers Dieu nos deux cœurs à la fois comme il eût été bon, j'en étais vite venu à ne plus oser prier devant elle, ou, si je persistais, dans l'espoir d'entraîner son âme à ma suite, ma prière, même informulée, perdait aussitôt tout élan et, pareille à la fumée d'un sacrifice non agréé, retombait misérablement sur moi-même. De même son regard, son sourire, lorsque je tendais la main pour une aumône, asséchait incontinent mon cœur, et ce geste, auquel mon cœur

32

cessait de prendre part, devenait à cause d'elle comparable à celui du pharisien de l'Évangile, de sorte que mon cœur n'en éprouvait plus cette joie profonde où il trouve sa première récompense.

J'ai dit que la grandissante incrédulité d'Éveline m'ancrait d'autant plus avant dans mes convictions religieuses, dans ma foi. Mais ce que je me refuse à admettre c'est que, si imparfaite qu'ait pu être ma vertu, celle-ci ait pu détourner Éveline de la foi, ainsi que le laisse entendre son journal. Cette accusation affreuse, qui tend à rejeter sur moi la responsabilité de ses écarts de pensée, je la repousse. Un croyant maladroit est tout de même un croyant, et, lorsqu'il chanterait les louanges de Dieu d'une voix fausse, Dieu ne saurait lui en vouloir, et Son image dans l'esprit d'autrui ne mérite pas d'en être faussée.

Je ne voudrais pourtant point trop accuser Éveline ; je crois en vérité que sa nature était foncièrement meilleure que la mienne ; mais était-ce une raison pour considérer comme insincère tout mouvement de mon âme qui n'était peut-être pas spontané ? Éveline était naturellement vertueuse ; je m'efforçais vers la vertu. N'est-ce donc pas ce que chacun de nous doit faire ? Avais-je tort de ne point m'accepter tel que j'étais, de me vouloir meilleur ? Sans cette constante exigence, que vaut un homme ? (Chacun de nous, lorsqu'il s'abandonne à lui-même, n'est-il pas profondément misérable ? Ce qu'Éveline méprisait en moi, c'était cet effort vers le mieux qui seul n'était pas méprisable. Sans doute elle s'était méprise d'abord, mais qu'y pouvais-je ? Aux premiers temps, son amour pour moi l'aveuglait sur mes défauts, sur mes manques ; mais devait-elle ensuite m'en vouloir, si j'étais moins intelligent, moins bon, moins vertueux, moins valeureux que d'abord elle me voyait ? Plus infirme je me sentais, et plus j'avais besoin de son amour. Il m'a toujours paru que les « grands hommes », eux, n'avaient pas tant besoin que nous d'être aimés. Et le besoin de ressembler à cet être meilleur que moi, que d'abord elle avait cru que j'étais, cette application, ce zèle ne méritaient-ils pas surtout son amour ?

La nouvelle expérience que, depuis la mort d'Éveline, j'en ai pu faire avec le conseil et l'aide de Dieu m'a prouvé surabondamment de quel secours peut être ici l'amour conjugal. Que n'eussé-je point fait de ma vie, un peu mieux compris, soutenu, encouragé par ma première femme ! Mais tout son soin semblait au contraire de me ramener et rabaisser jusqu'à cet être naturel que je prétendais surpasser. Je l'ai dit : elle ne considérait en moi que ce que Notre-Seigneur appelle en chacun de nous « le vieil homme », et dont Il vient nous délivrer.

Pauvre Éveline, qui n'aspirait à aucun ciel ! comment eût-elle aidé à atteindre celui que la religion nous permet dès ici-bas d'entrevoir ? Comment pouvais-je espérer de l'y retrouver un jour ? C'est cette considération qui, avec l'aide de la Providence, m'amena à me remarier, un temps décent après mon veuvage, Dieu voulant bien avoir égard au grand besoin que j'éprouvais de m'assurer d'une compagne pour le peu de temps qu'il me reste à vivre sur terre, et aussi pour l'éternité, si pourtant Dieu, qui doit alors emplir nos cœurs, n'absorbe pas en Lui tout amour.

[1] Trois lignes supprimées.

[2] *Études* , du 20 juillet 1929.

34